GW00730428

ISBN 978-2-211-05590-1
Première édition dans la collection *lutin poche* : octobre 1999
© 1997, l'école des loisirs, Paris
Loi numéro 49 956 du 16 juillet 1949 sur les publications
destinées à la jeunesse : mars 1997
Dépôt légal : novembre 2010
Imprimé en France par Pollina à Luçon - L55675

Philippe Corentin

Les deux goinfres

lutin poche de l'école des loisirs
11, rue de Sèvres, Paris 6ᵉ

Maman me dit tout le temps : « Bouboule, tu vas être malade
à manger autant de gâteaux. Tu vas faire des cauchemars ! »
Bouboule, c'est moi et c'est vrai que j'en mange beaucoup, des gâteaux.

Attention ! Pas tous les gâteaux. Je ne mange pas n'importe quoi.

J'ai mes préférés. Et j'en ai plein, des gâteaux préférés,
et je peux en manger plein, si je veux. Plus même.

Mon plus préféré, c'est celui-là. Au chocolat.
Plus il est gros, mieux c'est bien.

Mon plus préféré comme chien, c'est Baballe. C'est mon chien.
Lui aussi il aime les gâteaux et il n'est pas né, le gâteau
qui nous rendra malades.

Ce soir-là, alors que la nuit venait de tomber,
nous, on venait de finir nos gâteaux.

Et contrairement à ce qu'avait prédit maman,
on n'était pas du tout malades, sauf que…

Sauf qu'on avait un peu le mal de mer.
Comme dans un bateau…

À un moment on avait tellement mal au cœur que j'ai appelé maman
et comme elle ne venait pas, on est montés dans sa chambre.

« Ça, c'est drôle », j'ai dit à Baballe, « hier, ici, c'était pas comme ça, c'était la chambre de maman… »

« Eh bien ! C'est plus la chambre de maman », m'a dit un gros baba plein de rhum. « Venez, le capitaine veut vous parler. »

Et nous voilà dans la cabine d'un vieux gâteau mal sucré.
« Alors comme ça, c'est vous qui avez mangé ma petite fille ? »
qu'il nous dit comme ça, pas sympa.

« Assez rigolé ! Caramélisez-les au grand mât ! » dit-il
aux autres gâteaux.

Déjà qu'on avait envie de vomir, ça nous a énervés.
On a fait la bagarre.

Et bing ! Dans le chou. Et pan ! Dans la crème.

On aurait pu les écrabouiller mais ils étaient trop nombreux.
Quand on a sauté dans la barque, ça les a tout surpris,
ces gros pleins de crème.

Mais dans la barque, qu'est-ce que ça bougeait…
On avait de plus en plus mal au cœur. Surtout que plusieurs fois
on a bu la tasse et que, la mer, c'était même pas de l'eau…

C'était de la menthe avec plein de crème Chantilly. La chantilly j'aime bien mais au bout d'un moment c'est écœurant, et la menthe ça me fait vomir…

Deux fois, on a failli chavirer.
On se serait crus dans un cauchemar.

Même qu'à un moment on a été attaqués
par un gros éclair au chocolat.

Quand, le lendemain matin, maman m'a réveillé avec mon chocolat,
je me sentais tout barbouillé.
«Oh, là là!» qu'elle m'a fait. «Toi, tu as dû faire un cauchemar…
Tu as l'air tout barbouillé…»
«Pas du tout… même que j'ai un petit peu faim», lui ai-je répondu,
à ma maman.